MEUBLES ANCIENS

PORCELAINES — BRONZES.

OBJETS DE VITRINE

TAPISSERIES ANCIENNES

Des XVIIᵉ et XVIIIᵉ Siècles

COMMISSAIRE-PRISEUR

Mᵉ F. LAIR-DUBREUIL

EXPERTS

MM. PAULME & B. LASQUIN FILS

PARIS

CATALOGUE

DES

MEUBLES ANCIENS

Des Époques Louis XIV, Louis XV et Louis XVI

Bureaux plats, Secrétaires, Commodes, Encoignures,
Tables, Consoles, Vitrines, etc., Sièges.

PORCELAINES ET FAIENCES ANCIENNES

de Sèvres, Mennecy, Saint-Cloud, Saxe, Berlin,
Chine et Japon.

SCULPTURES — OBJETS DE VITRINE

Bronzes, Pendules

OBJETS VARIÉS

TAPISSERIES ANCIENNES

Des XVIIe et XVIIIe Siècles

DONT LA VENTE AUX ENCHÈRES PUBLIQUES AURA LIEU

HOTEL DROUOT, SALLE N° 6

Le Samedi 7 Novembre 1908

A DEUX HEURES

COMMISSAIRE-PRISEUR	EXPERTS
Mᵉ F. LAIR-DUBREUIL	**MM. PAULME & B. LASQUIN fils**
6, rue Favart	10, rue Chauchat 12, rue Laffitte

EXPOSITION PUBLIQUE

Le Vendredi 6 Novembre 1908, de 2 h. à 6 h.

CONDITIONS DE LA VENTE

Elle sera faite expressément au comptant.

Les adjudicataires paieront *dix pour cent* en sus des enchères.

L'exposition mettant le public à même de se rendre compte de l'état et de la nature des objets, aucune réclamation ne sera admise une fois l'adjudication prononcée.

Paris. — Imprimerie de l'Art, CH. BERGER, 41 rue de la Victoire.

DÉSIGNATION

FAIENCES, PORCELAINES

1 — Saucière et verseuse en ancienne faïence de Montpellier, décorée de fleurs sur fond jaune.

2 — Deux petits bustes d'enfants en ancienne faïence émaillée blanc.

3 — Potiche en ancienne faïence de Nevers, décor en bleu, de style chinois.

4 — Plat en ancienne faïence de Rhodes, décor d'œillets en couleurs.

5 — Paire de potiches couvertes en faïence de Delft, décor chinois en polychrome.

6 — Brûle-parfum, formé d'un vase soutenu par trois amours, en porcelaine de Saxe ; les amours décorés en couleur.

7 — Petit plat ovale en ancienne porcelaine de la Compagnie des Indes, bordure à jour et armoiries au centre.

8 — Plat en porcelaine de Boisette, à bouquets de fleurs.

9 — Trois assiettes en ancienne porçelaine de Berlin, décors variés : fleurs, fruits et oiseaux.

10 — Petite coupe oblongue, ancienne porcelaine de Furstenberg, décor d'oiseaux perchés.

11 — Coupe en porcelaïne de Coxcomb, bordure saumon et décor central.

12 — Chope en porcelaine de Chine, Compagnie des Indes.

13 — Sucrier couvert en porcelaine de Vienne, décoré de guirlandes de feuillages.

14 — Sucrier sur plateau adhérent avec couvercle, ancienne porcelaine de Paris, à fleurs.

15 — Petite théière, ancienne porcelaine de Frankenthal, décorée de bouquets de fleurs.

16 — Petite cafetière, ancienne porcelaine de Saxe, à bouquets de fleurs.

17 — Beurrier avec plateau et couvercle, ancienne porcelaine de Saxe, décor de fleurs.

18 — Écuelle avec couvercle et plateau, ancienne porcelaine de Saxe à fleurs

19 — Sucrier couvert, de forme ovale, en ancienne
porcelaine tendre de Sèvres, décoré de bouquets de fleurs et d'hachures bleues et or ; bou-
ton du couvercle en argent doré.

20 — Pot à crème en ancienne porcelaine de Sèvres,
décoré sur fond bleu de roi d'une réserve :
enfants musiciens dans un paysage, et de rinceaux de dorure.

21 — Groupe en ancienne porcelaine blanche de
Berlin : berger et bergère avec mouton et chien.

22 — Statuette de jeune femme tenant un chapeau
en paille rempli de fruits en porcelaine de Berlin,
décorée en couleur.

23 — Service à thé et à café, composé d'une théière,
cafetière, pot à lait, sucrier, plateau, bol et six
tasses avec soucoupes, en ancienne porcelaine
de Frankenthal, décoré de fleurs en couleur,
bordure en dorure sur fond crème.

24 — Vase, forme tulipe, en porcelaine de Saxe,
décoré, en couleur et en reliefs de fleurs, fruits,
enfants ; anses formées de palmes vertes.

25 — Six tasses et soucoupes en ancienne porcelaine de Saxe, décor en couleur : vues de villes
animées de petits personnages.

26 — Deux pots à pommade couverts, cylindriques, en ancienne porcelaine tendre de Sèvres, décor en couleurs : bouquets de fleurs ; bordure dorée dentelée. Fleurette en relief sur les couvercles.

27 — Deux pots à pommade couverts, cylindriques, à lobes et nervures, en ancienne porcelaine tendre de Bourg-la-Reine, décor de fleurs en couleurs. Petit fruit en relief sur les couvercles.

28 — Pot à pommade couvert, cylindrique, à lobes et nervures, en ancienne porcelaine tendre de Mennecy, décor en couleurs à fleurs. Petit fruit en relief sur le couvercle.

29 — Autre pot à pommade analogue de même fabrique (non marqué), de même décor, mais plus petit.

30 — Pot à pommade couvert, cylindrique, à lobes et nervures, en ancienne porcelaine tendre de Sceaux, décor en couleurs à bouquet de fleurs. Fruit en relief sur le couvercle.

31 — Autre pot à pommade, de même fabrique et décor analogue, mais plus petit.

32 — Petit pot à pommade couvert, cylindrique, en ancienne porcelaine tendre de Mennecy (marque en creux ordinaire et marque inconnue en bleu),

décor de fleurs en couleurs, bordure dentelée et filets dorés.

33 — Pot à pommade couvert, cylindrique, en ancienne porcelaine tendre de Mennecy, décor en couleurs à fleurs. Fruit en relief sur le couvercle.

34 — Deux petits pots à pommades couverts, cylindriques, en ancienne porcelaine tendre de Saint-Cloud, décor à lambrequin bleu.

35 — Deux pots à pommade couverts, cylindriques, de grandeur variée, en ancienne porcelaine de Mennecy (non marqués), décor en couleurs à fleurs.

36 — Groupe en ancienne porcelaine de Saxe, Marcolini : Le Char de Neptune.

37 — Petite salière double en ancienne porcelaine de Chantilly, décor Coréen.

38 — Paire de vases en ancien céladon craquelé de Chine ; monture en bronze à mascarons de lions, collerette et base à tore de laurier.

39 — Paire de grands cornets en ancienne porcelaine du Japon ; décor en couleur et dorure.

40 — Plat rond en ancienne porcelaine de Chine :
sujet guerrier en émaux de couleurs.

41 — Plat rond en ancienne porcelaine de Chine,
décoré au centre d'un sujet familial dans une
pagode.

42 — Potiche en ancienne porcelaine de Chine,
décorée de quatre médaillons réservés et de
dragons en bleu et ornements en relief, sur
fond rouge brique. Couvercle en bois de fer
sculpté.

43 — Vase en porcelaine de Chine, décoré de papil-
lons et fleurs en bleu, sur fond rouge quadrillé.

44 — Paire de potiches couvertes en ancienne porcelaine du Japon ; décor fleurs dans des
réserves et ornements en bleu, rouge et or.

45 — Paire de grandes potiches couvertes en ancienne porcelaine du Japon, de forme carrée, à
angles coupés ; décor en bleu, rouge et or, de
paysages maritimes, pagodes et personnages,
fleurs et ustensiles.

46 — Paire de potiches en ancienne porcelaine de
Chine ; décor de personnages cueillant des
fruits, en couleurs, sur fond vert à marbrures.
Montures en bronze doré de style Louis XV.

47 — Potiche en ancienne porcelaine de Chine,
décorée en couleurs, par bandes circulaires, sur
la panse d'un sujet guerrier ; à l'épaulement et
à la base, lambrequins et réserves à fleurs ;
fond quadrillé.

48 — Vase balustre en ancienne porcelaine de
Chine ; décor sur fond rouge corail vermiculé,
chrysanthèmes ; sur l'épaulement, à la base et
au col, frise fleurie, palmettes et lambrequins
en émaux de couleurs.

OBJETS DE VITRINE

49 — Rape à tabac en ivoire sculpté. Époque Louis XIV.

50 — Paire de boucles de souliers en argent et strass. Époque Louis XVI.

51 — Petit étui à cire Louis XVI en or guilloché et petites bordures ciselées.

52 — Autre petit étui à cire Louis XVI, cylindrique, en or guilloché et ciselé.

53 — Bague-chevalière en or et argent, avec chaton garni de diamants.

54 — Pendentif en or, argent et roses.

55 — Croix, pendentif en or, argent, émeraudes et diamants.

56 — Paire de pendants d'oreilles en or et émail.

57 — Ciseau à poignée d'or.

58 — Petit fusil-miniature et ses accessoires en ivoire dans un écrin.

59 — Boîte rectangulaire en ancien émail ; sur le dessus, sujet à personnages : La Diseuse de bonne aventure.

60 — Petite boîte rectangulaire en ancienne pâte
tendre gaufrée blanc ; monture en argent.

255

61 — Petit drageoir fait d'une chèvre couchée en
ancienne porcelaine tendre blanche.

62 — Petite boîte Louis XV en or, à petits panneaux
ciselés, sur fond amati.

63 — Cachet en pierre dure, monté en or ciselé, avec
inscription gravée.

64 — Boîte à musique, avec petit oiseau chanteur,
en or ciselé; dessous émaillé et médaillon à
sujet d'amours ; sur la face antérieure, petite
montre. Travail de Genève, de la *Maison A. Golay-Leresche et fils*.

1.040

65 — Étui-nécessaire Louis XV en agate, monture
en or. Il est muni de divers accessoires : ciseaux, canif, pince, etc.

330

66 — Bonbonnière Louis XV en prisme d'améthyste.
Monture en argent doré.

190

67 — Bel éventail, peint à l'aquarelle sur parchemin, offrant une allégorie de Phébus et Flore.
Riche monture en nacre ajourée, gravée et
sculptée en bas-relief, à sujet mythologique et
amours, dans des encadrements à rocailles avec
rehauts de dorure.

555

SCULPTURES, OBJETS VARIÉS

68 — Saint personnage en plâtre.

69 — Saint personnage en pierre, sculpté en haut relief. XVIᵉ siècle.

70 — Groupe en marbre blanc de Clésinger : Néréïde sur un dauphin.

> Haut., 60 cent. ; larg., 1 m. 04 cent.

71 — Peinture ancienne sur coquille de nacre, représentant l'Adoration des Mages.

72 — Trumeau en bois mouluré, avec glace et peinture : Sainte Madeleine.

73 — Miroir ancien en bois doré.

BRONZES, PENDULES

CUIVRES, MÉTAL ARGENTÉ

74 — Deux verseuses et une bouillotte en cuivre rouge. XVIIIᵉ siècle.

75 — Statuette de Chinois Louis XV en bronze patiné.

76 — Paire de flambeaux en dinanderie, formés chacun d'un cavalier porte-lumière.

77 — Rafraîchissoir, à deux anses, en métal argenté.
Époque Louis XV.

78 — Petite lampe de réchaud et son support en
métal argenté. Époque Louis XV.

79 — Deux statuettes de femmes en bronze patiné
du xvıe siècle, sur socle carré en marbre blanc.

80 — Paire de flambeaux en bronze ciselé et patiné,
base à trépied, décorés de têtes d'anges, car-
touches, feuillages et guirlandes de fleurs. Époque Renaissance.

81 — Statuette en bronze ancien, figurant Mercure,
socle rectangulaire en marbre.

82 — Calice en argent doré repoussé, gravé et
ajouré, pied à six lobes. xvıe siècle.

83 — Monstrance en cuivre doré, gravé et ajouré, en
forme de clocheton, pied à lobes. Commencement du xvıe siècle.

84 — Croix en cuivre émaillé, en partie doré, du
xıııe siècle.

85 — Pendule de bureau en bronze ciselé, gravé et
doré, en forme d'édicule à quatre faces, à colo-
nettes, du xvıe siècle.

86 — Autre pendule de bureau en bronze ciselé, gravé, doré, à quatre faces, avec clocheton et statuette d'enfant ; repose sur quatre pieds-griffes. XVIe siècle.

87 — Pendule en marbres de couleur, ornée de bronzes ciselés et dorés; colonnes à chapiteaux, surmontées de vases, consoles, rinceaux, aigles, chutes de fleurs, etc. Époque Louis XVI.

88 — Pendule en bronze doré et patiné. Le cadran, tournant autour d'une sphère, posée sur des nuages; il est surmonté d'un groupe de deux colombes; de chaque côté, une figure de femme assise indique les heures avec un compas, et un amour tenant un guirlande de fleurs; elle repose sur un socle en marbre blanc, à six pieds carrés, et est orné de frises à jeux d'enfants figurant les sciences et de rinceaux en bronze. Style Louis XVI.

89 — Pendule en bronze ciselé et doré, du temps de Louis XVI; le cadran surmonté d'une figurine de femme assise tenant une coupe et d'un aigle; à la base, frises et palmettes en relief. Le cadran est marqué : *Gaston Jolly, à Paris.*

MEUBLES, SIÈGES

90 — Petit écran Louis XVI en acajou, feuille en soie bleu ciel.

91 — Table-servante en acajou, à deux tablettes d'entrejambes cannées; dessus de marbre. Époque Louis XVI.

92 — Table-servante analogue à la précédente et de même époque.

93 — Table-raffraîchissoir en acajou, à moulures de cuivre; dessus de marbre à galerie de cuivre. Époque Louis XVI.

94 — Petite table Louis XVI en acajou, sur quatre pieds droits, tablette d'entrejambe et tiroir sur le côté.

95 — Étagère en acajou Louis XVI ; le haut formant pupitre, et garnie de tiroirs dans le bas.

96 — Petite table Louis XV, à quatre faces, en bois de rose et palissandre, garnie de trois tiroirs.

97 — Petite table Louis XV en acajou, sur quatre pieds cambrés, garnie de trois tiroirs. Dessus de marbre.

125

98 — Encoignure en bois de placage, à dessus de marbre Sainte-Anne. Époque Louis XVI.

166

99 — Meuble de toilette en acajou; le haut, à dessus de marbre, supporte un pupitre et est garni d'une glace mobile; la partie inférieure ouvre à deux tiroirs et un casier. Époque Louis XVI.

225

100 — Console, à coins arrondis, en acajou, garnie de bronzes et de moulures à perlé. Tablette d'entrejambe. Dessus en marbre blanc, à galerie de cuivre. Époque Louis XVI.

330

101 — Meuble-chiffonnier Louis XVI en bois de rose et palissandre, garni de sept tiroirs. Dessus de marbre griotte.

305

102 — Secrétaire en acajou, d'époque Louis XVI; la partie supérieure ouvrant à deux vantaux et le bas garni de trois tiroirs; partie centrale à abattant.

155

103 — Secrétaire en bois de placage, avec abattant et deux tiroirs. Dessus de marbre blanc. Époque Louis XVI.

100

104 — Secrétaire en bois de placage et marqueterie de bois, à vases et guirlandes de fleurs. Style Louis XVI.

180 105 — Petit bureau, dit « cabriolet », en noyer ciré. Époque Louis XV.

105 106 — Commode en acajou, garnie de cinq tiroirs à poignées de cuivre. Dessus en marbre Sainte Anne. Époque Louis XVI.

330 107 — Table-poudreuse en acajou, d'époque Louis XVI, garnie de petits pots en porcelaine tendre et de flacons à parfums.

695
Stettiner 108 — Petit bureau plat en bois de placage, à quatre faces. Époque Régence. Il est garni de bronzes ciselés et dorés : quart de rond, chutes, poignées, culots, sabots. Dessus en basane.

405
Salvago 109 — Grand paravent à quatre feuilles en velours ancien, monture en bois doré, de style Louis XIV.

160 110 — Petite table-bureau plat en bois de placage, à quatre pieds carrés gaine, ouvrant à un tiroir sur le devant. Dessus en basane. Époque Louis XVI. Il est garni d'une galerie ajourée et d'ornements en bronze ciselé et doré modernes.

755
Fabre 111 — Secrétaire droit en marqueterie, en losanges de bois de couleurs. Il ouvre à abattant, deux portes et un tiroir. Dessus de marbre brèche. Il porte l'estampille de *L. Boudin*, maître ébéniste.

Époque Louis XVI. Ornements en bronze doré modernes.

112 — Table-pupitre en acajou, à deux tablettes inférieures, le dessus ouvrant à abattant. Époque Louis XVI. Ornements en bronze doré : galeries, rosaces, baguettes, etc., modernes.

200

113 — Bureau-bonheur-du-jour en acajou, l'étagère ouvrant à coulisse formée de dos de livres. Il ouvre à un tiroir, et une tirette sur le devant. Époque Louis XVI. Ornements modernes en bronze doré.

300

114 — Petite table ovale en bois de placage, à tablette d'entrejambe. Dessus en basane. Époque Louis XVI. Bronzes modernes.

255

115 — Table de nuit en bois de placage, ouvrant à deux portes sur le devant, et un petit tiroir sur le côté ; pieds cambrés. Époque Louis XV. Bronzes modernes.

100

116 — Régulateur en acajou. Époque Louis XVI.

340

117 — Vitrine en palissandre, à face inclinée, ouvrant à charnière.

118 — Grande vitrine avec partie centrale en légère saillie, ouvrant à trois portes, en bois et baguettes de cuivre. Style Louis XVI.

395

119 — Petite console d'entredeux, à coins cintrés, ouvrant à tiroir, avec tablette inférieure, en acajou et moulures de cuivre. Dessus de marbre et galerie. Époque Louis XVI.

205

120 — Belle armoire normande, ouvrant à deux portes pleines, en bois, richement ornée de motifs de sculptures. Époque Louis XVI.

565

121 — Grande vitrine en bois de violette, ouvrant à deux portes. Époque Louis XV. Ornements en bronze ciselé et doré : chutes, consoles, frises, moulures ornées, modernes.

750

122 — Vitrine, ouvrant à deux portes, en bois de placage, dessus de marbre. Elle porte l'estampille de *Charles Ortalle*, maître ébéniste. Époque Louis XVI. Riches ornements en bronze ciselé et doré : frises de rinceaux, chutes, entrées de serrure, sabots, baguettes, cul-de-lampe, modernes.

500

123 — Petit bureau plat à quatre faces en bois de placage, du temps de Louis XV ; il ouvre à trois tiroirs. Il est garni de bronzes ciselés et dorés, modernes.

750

124 — Bureau plat à quatre faces en bois de placage, de forme contournée, à trois tiroirs. Époque

1.800

Louis XV. Dessus de basane. Il est richement garni de bronzes ciselés et dorés, à cariatides de femmes, moulures ornées, quart de rond, entrées de serrures et sabots, modernes.

175

125 — Chaise en bois sculpté, dossier canné et siège en velours vert. Travail hollandais, xviiie siècle.

281

126 — Fauteuil de bureau, à siège tournant en bois mouluré et recouvert en cuir. Époque Louis XV.

300

127 — Un fauteuil et trois chaises en acajou. Époque du Directoire. Portent l'estampille de *Jacob frères, rue Meslée.*

TAPISSERIES ANCIENNES
TAPIS D'ORIENT

128 — Portière en ancienne tapisserie au point et petit point, décorée de rinceaux, feuillages, fleurs et oiseaux en couleurs sur fond noir.

Haut., 2 m. 55 cent ; larg., 85 cent.

129 — Petit panneau rectangulaire en ancienne tapisserie d'Aubusson, du temps de Louis XIV : figure de femme sur fond de paysage ; encadrement jaune.

Haut., 1 m. 70 cent. ; larg., 65 cent.

130 — Tapisserie d'Arras, du commencement du xviiᵉ siècle ; sujet biblique, à personnages. Bordure d'encadrement à feuillages et fruits.

Haut., 2 m. 90 cent. ; larg., 2 m. 35 cent.

131 — Autre tapisserie de même fabrique et même époque, de composition analogue. Bordures inférieure et supérieure, à fruits et feuillages.

Haut., 2 m. 55 cent. ; larg., 1 m. 60 cent.

132 — Tapisserie-verdure d'Aubusson, du xviiiᵉ siècle, décorée au centre d'un grand arbre, d'oiseau, et château dans le fond. Bordure à rinceaux, vases fleuris, feuillages.

Haut., 2 m. 35 cent. ; larg., 2 m. 35 cent.

133 — Grande tapisserie flamande, de l'époque de Louis XIV. Importante composition à nombreux personnages, sujet tiré de l'Histoire ancienne. Bordure d'encadrement, à feston de fleurs et feuillage.

Haut., 3 mètres ; larg., 4 m. 75 cent.

134 — Tapisserie flamande, de l'époque de Louis XIV, représentant Renaud et Armide. Bordure d'encadrement moderne simulant la tapisserie.

Haut., 3 m. 70 cent.; larg., 1 m. 20 cent.

135 — Grande tapisserie flamande, de l'époque de Louis XIV : Paysage avec grands arbres, rivière et moulin, animé de volatiles divers et autres animaux. Bordure d'encadrement, à fleurs et feuillages.

Haut., 3 mètres ; larg., 5 m. 30 cent.

136 — Tapisserie flamande, du temps de Louis XIV : Paysage avec berger et moutons. Bordure d'encadrement moderne simulant la tapisserie.

Haut., 3 m. 40 cent.; larg., 1 m. 90 cent.

137 — Tapisserie fine de Bruxelles, de l'époque Louis XIV. Composition à grands personnages sur fond de paysage. Bordure d'encadrement moderne simulant la tapisserie.

Haut., 3 mètres ; larg., 1 m. 70 cent.

138 — Tapisserie fine de Bruxelles, de la fin du
XVIe siècle. Composition historique à nombreux
personnages : présentation d'un jeune guerrier
au seuil d'un palais. Belle bordure d'encadrement à tore de chêne, ornementé de trophées
militaires et d'attributs guerriers.

Haut., 3 m. 40 cent. ; larg., 3 m. 95 cent.

139 — Tapisserie de Bruxelles, du XVIIe siècle : Retour
triomphal, sujet tiré de l'Histoire romaine. Des
cavaliers avec bannières et trompettes arrivent
devant un palais sur le perron duquel est un
groupe de jeunes femmes et enfants jouant de la
musique. Bordure, cadre à feuillages. Tapisserie fine en bon état de conservation.

Haut., 2 m. 50 cent. ; larg., 4 m. 50 cent.

140 — Carpette d'Orient, à dessin régulier sur fond
bleu ; bordure d'encadrement à fond rouge.